캥거루 백bag을 멘 남자

민창홍

1960년 충남 공주에서 태어나 경남대학교 교육대학원에서 석사 학위를 받았으며 1998년 계간 『시의나라』와 2012년 계간 『문학청춘』 신인상으로 등단하였다. 시집으로 『금강을 꿈꾸며』 『닭과 코스모스』, 서사시집 『마산 성요셉 성당』이 있다. 마산교구가톨릭문인회 회장, 마산문인협회 부회장, 계간 『경남문학』 편집장 및 편집주간을 역임하였고 경남문학 우수작품집상, 제4회 경남 올해의 젊은 작가상을 수상하였으며 2015 세종도서 나눔 우수도서에 『닭과 코스모스』가 선정되었다. 현재, 경상남도문인협회 부회장, 문학청춘작가회 회장, 경남시인협회 감사, (사)시사랑문화인협의회 영남지회, 마산문인협회, 경남문학관 이사, 한국문인협회, 한국현대시인협회 회원, 민들레문학회, 시문학연구회 하로동선 동인으로 활동하고 있으며 성지여중과 성지여고 국어 교사를 거쳐 성지여자중학교 교감으로 재직하고 있다.
changhongmin@hanmail.net

황금알 시인선 180

캥거루 백bag을 멘 남자

초판발행일 | 2018년 9월 29일

지은이 | 민창홍
펴낸곳 | 도서출판 황금알
펴낸이 | 金永馥
선정위원 | 김영승 · 마종기 · 유안진 · 이수익
주간 | 김영탁
편집실장 | 조경숙
표지디자인 | 칼라박스
주소 | 03088 서울시 종로구 이화장2길 29-3, 104호(동숭동)
전화 | 02)2275-9171
팩스 | 02)2275-9172
이메일 | tibet21@hanmail.net
홈페이지 | http://goldegg21.com
출판등록 | 2003년 03월 26일(제300-2003-230호)

ⓒ2018 민창홍 & Gold Egg Publishing Company Printed in Korea

값은 뒤표지에 있습니다.

ISBN 979-11-89205-12-6-03810

*이 도서의 국립중앙도서관 출판예정도서목록(CIP)은 서지정보유통지원시스템 홈페이지(http://seoji.nl.go.kr)와 국가자료종합목록시스템(http://www.nl.go.kr/kolisnet)에서 이용하실 수 있습니다. (CIP제어번호 : CIP2018029339)

캥거루 백bag을 멘 남자

민창홍 시집

황금알

캥거루여,
캥거루 백을 멘 남자여
'사는 게 별거 아니더라'고
말하지 말자

마주 앉은 사람에게서
자신을 깨닫는 시간

멀리 걸어온 길 돌아보며
철 따라 피는 꽃들을 보자

캥거루여,
캥거루 백을 멘 남자여
'사는 게 별거 없더라'고
말하지 말자

차 례

1부 광야를 찾아서

2부 숫자놀이

3부 캥거루 백bag을 멘 남자

4부 영락영배

1부

광야를 찾아서

문

마지막 나서는 사람
뒤를 돌아볼 것인가

회한의 자기 암시 같은 어둠
등불을 켤 것인가

촛불처럼 점점이 다가오는 눈송이
성탄절 전야에 하루살이처럼 모여들고

날이 밝을 때까지는 알려야 할
아기 예수의 탄생

물결은 소용돌이처럼 크고
바람은 활짝 열려있는 밤

뒤를 돌아보는 사람
마지막으로 나설 것인가

할머니와 강아지

진한 곰국 따끈하게 들이켠 아침
살점 하나 붙어 있지 않은 뼈다귀
강아지 던져주고
지팡이가 지탱해주는 무게만큼
겨울 뜨락에 서 있다
더 이상 우러날 것 없는 뼈를 핥으며
꼬리 흔드는 녀석에게
밤새 서걱거리던 뼈마디 소리와 함께
길쌈하며 구부러진 세월까지 던져준다
고드름 녹아내리는 추녀 끝
간밤의 꿈처럼 소복이 내린 눈
자식들 떠나간 자리에 관절마저 무너져 내린다
두 발로 굴리며 요리조리 잘도 갉아먹는
강아지, 어찌 미워할 수 있으랴
삼 일 만에 마실 온 뻔뻔스러운 햇빛
그것도 벗이고 행복이라고
치아 없는 움푹 패인 볼에 정을 담는다
금세 짹짹거릴 것 같은 제비집 비어있고
햇살 피해 먼 산 바라보는 눈
까치 한 마리 짖는 감나무

발로 쓰는 시

마산의 3.15백일장 심사를 갔다가 발가락으로 컴퓨터 자판을 치는 학생을 보았다 온몸을 찡그리며 단어 하나 적어놓고 힘겹게 먼 산을 바라보다가 고통을 삭이는 시간 위에 벚꽃잎 하나 날리면 빛 반사되어 희미한 화면을 응시하며 먹이를 찾는 어눌한 새처럼 생각을 발로 찍어 낸다

수능시험장에서 지체장애자의 답지를 작성해주던 기억이 나고 출력은 안 되는 화면, 부모는 대필을 부탁한다 학생 시절 백일장에 나갔던 때처럼 설레는 마음으로 잔디밭에 무릎을 꿇고 발로 쓴 깨알 같은 글씨를 옮겨 준다

서울에서 참석한 몸이 불편한 그 아이, 손이 오그라져 글씨를 쓸 수 없다 제목은 출발이었는데 아이는 예전에 타던 먼지 가득한 어머니의 손때가 달라붙은 휠체어를 노래했다 홀로서기까지 걸린 시간은 길고 길어 지켜보는 어머니, 아이에게 희망을 주며 백일장을 소개했던 면식 없는 국어 선생님, 지금 대필하는 나의 손, 떨리고 있으니 봄꽃이 민주와 정의를 밝히는 구암동 국립 3.15 묘지, 발로 쓰는 시인이 되고자 봉우리 맺고 기다리는

사이 고르지 못한 치열 활짝 드러내며 웃고 있다

나도 오늘은 저 아이의 미소가 되고 싶다

성城에서

황사가 밀려온다
호시탐탐 한반도를 노려보던 북쪽 오랑캐들처럼
바람 타고
서해 바다를 건너온다
누렇게 하늘을 덮은 입자들
멀리 들녘 가장자리 한 무더기 집
거리의 흰옷 입은 사람
보쌈해 가지고 성으로 쳐들어온다
태양을 가리고 인해전술로 삽시간에 밀려온다
북을 쳐야 하는데
성문을 잠그고 경계를 강화해야 하는데
귀신을 후리는 소리로 대숲은 신음하고
성문은 열려 있다

고비사막에서 일어나
소나기 퍼붓듯 활을 날리며
창과 칼을 번득이며 반도를 제 나라
달리듯 내달리던 말발굽들
흰옷에 붉은 점 얼룩을 보라

마늘밭 갈아엎으며 돋아난 농부의 땀띠
눈을 못 뜨게 만드는 이 눈물을
막아야 하는데, 물리쳐야 하는데
우리의 목 죄어오는 대륙의 농산물
밀짚모자 속의 늘어나는 주름들
지독한 황사
막아야 하는데
성을 지켜야 하는데

광야를 찾아서

사막을 잘 아는 방법은 사막을 걸어보는 일이다

가자
모래바람이 일기 전에
엄마가 기다리는 언덕을 넘어가자
낙타야

사막보다 더한 삭막함에 대하여
사막보다 더한 사랑에 대하여
사막보다 더한 일상에 대하여

신발 벗듯 떠나온 그곳
지우다 만 흔적들

모래밭에서 살아가는 법 터득하는 동물처럼
바람이 들춰내는 동물 잔해처럼
지나온 발자국 지워내는 모래알처럼

모래 속에 있다가

모래 속에 없다가

가야 한다
가야만 한다

뜨거운 태양 아래 쓰러지더라도
방향 쥐어진 별이 되고야 마는
영혼의 목마름 위해

내가 살아가는 곳
내가 살아갈 곳
어둠 속에서 몸부림치는데
오아시스는 어디에 있는가

낙타야 가자
발목 잡는 늪, 뿌리치며 가자
내 삶의 가치가 붉게 떠오를 때까지

내가 서 있는 현실을 잘 아는 방법은
광야를 찾아가는 것이다

단풍나무 아래에서

목이 말라 내려가던 약수터 계단
갈증은 뚝뚝 떨어지고
바쁜 시선을 잡아끌었던 여인
우거진 나무들 사이에서 물을 들이켠다

산 아래로 단풍은 내려오고 있는데
사람들은 정상을 향해 출발한다
오도 가도 못하는 산
산

단풍인지 등산복인지 모르는 청설모
못 오르는 건지 안 오르는 건지
단풍나무는 그대로 서 있고
나도 그 아래 서 있다

고개 숙인 여인의 통에 돈을 넣어주던
포스터 속 착한 사마리아 할머니
사소한 것에 집착하는 단풍 뒤로
망설이는 나를 붉게 만들고

무령왕릉

과거를 알기 위해서요
아니야, 미래를 알기 위해서야
그것도 틀렸어, 현재를 돌아보기 위한 것이야
그래, 그래, 얘들아 다 맞다
다투지 말거라

너희들이 알면 얼마나 알까 싶다가도
교과서에 나오는, 하나라도 더 보여 주어야 한다는
조급함에 땀이 난다
농익은 가을은 뜨겁게 내리쬐이고

엄마 가슴처럼 넓은 송산리 고분들
함성은 보물창고를 거덜 낼 표정으로
공주의 하늘을 찌르고
열려라 참깨 하면 열려야 할
무덤의 문은 열리지 않고 닫혀 있다

예측할 수 없는 시간이 쌓인 그곳
희미한 불빛 길이고 진리였는데

유리에 부딪혀 조각난 기억들
그때 참 많은 사람들이
입김을 쏟아내고 만지며
시간을 허물었다지, 그래
비밀의 문은 다시 닫힌 거야

줄을 서서 가는 휴일의 왕릉
손에 든 작은 메모지마다 기록되는
비밀의 열쇠
훗날 그들만의 보물창고를 열겠지

누군가의 발자취를 가슴에 새긴다는 것
과학처럼 탐구하고 문학처럼 느껴본다는 것
자신의 나침판을 만든다는 것

누가 알았겠노
천 년의 비밀이 묘지석*에 있다는 것을

누가 알겠노

.

천 년 뒤에 오늘이 보물창고가 될 것임을

누가 알겠나
누가 알겠나

그래도 금강은 알겠지

* 백제 25대 무령왕의 무덤임을 알려주는 표지석으로 유물과 함께 발굴됨.

국밥이 되기 위해

국밥을 기다리는 동안은
자리에 앉지 못하는
이방인이다

먼저 나온 밑반찬처럼
머리를 조아리며
인사를 한다

국밥이 나오고
뚝배기 안의 뜨거운 열기로
박수가 쏟아진다

밥과 양념이 얌전을 빼고 기다리는 사이
땀을 뻘뻘 흘리는 고깃국을 만나면서
드디어 모임의 일원이 된다

지구가 돌듯이
악수하며 뚝배기 따라
돌아야 하는 세상

국밥이 되기 위해
나는
오늘도
세상의 톱니가 된다

돌아가신 조부는 무슨 말씀 하실까

재물 운이 없는 사주라고 조부는 늘 걱정을 했고
교직을 천직으로 알고 발을 들여놓는 순간
돈과는 거리가 먼 직업이라고 부친은 실망을 했고
주어진 대로 살아야 한다고 아내는 체념했다

학창시절에 문학을 하겠다고 하니
굶어 죽기 딱 좋은 일이라고 조부가 호통을 쳤고
가난하게 살 작정을 하였다고 부친은 혀를 차고
돈 안 되는 일을 왜 하느냐고 친구들은 빈정댔다

현대시 수업을 마치고 빈 시간에 부업을 한다
부업을 할 수 없는 대한민국 공무원
나는 법을 어기며 돈 안 되는 일을 한다
쌀이 부족한 것도 아닌데

동료들 눈치 보며
식곤증이 내리누르는 눈꺼풀 치뜨며
나는 밤새 쓴 시를 읽어 본다
돈은 안 되는데

등단 6년부터 10년은 3만 원
등단 11년 이상은 5만 원
등단 5년 미만은 고료가 없고 책만 보내준단다

마감 날짜 확인하며 시 한 편 탈고하다가
달포 전에 온 잡지사 원고 청탁서 앞에 놓고
동전 주워들고 국보인 다보탑을 줍는 횡재라고
노래한 어느 시인이 떠올랐다

세상 물정 모를 때 등단 딱지를 얻었으나
독학은 언제나 내 안에 우물이 되고
교직이 천직이라고 나를 합리화하다가
사수 오수하는 집념의 나의 제자들처럼 재등단을 했다

나는 탈고된 시를 발송시키며
한 달 부업하여 3만 원 5만 원 번다면
돌아가신 조부는 무슨 말씀 하실까

왼쪽과 오른쪽

운전대를 잡고 출발을 한다
방금 차에 오르며 던져놓은 잡지 속 아가씨
내 옆 좌석에 떡 앉아
좌회전하십시오 우회전하십시오

복도에서는 좌측통행
붐비는 거리에서도 좌측통행
교과서에서 동양의 정서라고 뼛속 깊이 배웠는데

복도에서는 우측통행
붐비는 곳에서도 우측통행
질서의 기본이라고 교과서대로 가르치고 있으니

왼쪽으로 가라고?
오른쪽으로 가라고?

복도에서 아이들과 엉키면서
풀어야 할 이념처럼
풀지 못하고 엉키고 또 엉키면서

좌의정이 먼저야 우의정이 먼저야
우의정이 먼저야 좌의정이 먼저야
좌우의 개념 모르고 조심스럽던 국사 시간처럼

술이 덜 깬 듯 당최 혼란스럽다
절대 넘으면 안 되는 중앙선
어디로 가라고?

해바라기

누가 있는지 돌아볼 여유도 없이
풀벌레보다 먼저 눈을 떠서
오직 한 사람만을 위해
뜨겁게 여름을 보내겠습니다

쪽빛보다 푸른 하늘에 우뚝 솟아
참새보다 먼저 들녘에 나가
오직 한 사람만을 위해
부지런하게 가을을 보내겠습니다

머지않아 내릴 들녘의 어둠 바라보다가
허수아비처럼 모든 것 내어놓고
오직 한 사람만을 위해
겸손하게 빈손으로 떠나겠습니다

햇빛이 달무리처럼 번지는 돌담 사이로
긴 눈보라 견디며 기도하던 손
오직 한 사람만을 위해
작지만 큰마음 담아 잎을 틔우겠습니다

한가위

솔잎 넣은 동동주가 익어가는 방
천방지축 고사리손들
하얀 초승달 속 까만 콩 채우고

송아 가루 환한 대청마루
다식판 꾹꾹 눌러가며
한복 고운 새색시 시끌벅적 안부 찍어내고

솔향기 불러와 김이 칙칙폭폭 솟는 부뚜막
소금을 넣지 않아도 짠 이야기
송편처럼 고소하게 익어가니

낮잠 자던 장작들 뜨거운 화덕
바람처럼 불려 온 며느리들
푸짐하게 부쳐내는 기름진 손길

텃밭에서 일하던 남자들
경제가 어렵다는 이야기 머윗잎에 싸는데
강아지는 졸랑대고
보름달도 떠오르고

벚꽃길에서

땅에 떨어지기 전에
잡으면 사랑이 이루어진단다
흩날리는 꽃잎

사랑이 무엇인지 알기나 하는 것일까
거꾸로, 때로, 바람 부는 대로
날고 있는 저 상큼함의 교복들

붙잡아두어야만 할 것 같은
반쪽을 찾아 나선 꽃잎들

사랑은 그런 것인지도 모른다
어디에 있는지도
누구인지도
모를 신기루 같은 것

두 팔 벌려 안아도
넘치고 벅찬 푸른 하늘가
뿌려놓는 가로수 벚꽃

기필코 잡고 말 기세다
물빛 허공을 가르는 손짓들

탄금대 가는 길

하늘 향해 포효하며 늘어선 소나무
해설사의 손에 기대어
우륵은 가야금을 연주하고

솜이불처럼 푹신한 솔밭에서
갈퀴로 긁어모으던 지게꾼의 솔잎
동화 속에서 기지개를 켜고

소나무는 잎이 두 개씩 붙어
해를 걸러 잎이 지고 나고

잎이 세 개씩 묶이어 바다 건너온
왜송의 솔잎처럼 쏟아지는 한
슬픈 가락은 남한강에 흐르고

관광버스 산새들의 재잘거림 쏟아놓고
평화로운 강물 소리 흐르는 숲

산보하듯 앞서가는 가야금 소리

소나무가 불러오는 강바람
소리 한자락 할거나

등 굽은 소나무

분재 전시장에서 보았다
앙증맞게 열매 맺은 사과나무, 단풍나무 사이
선산의 묘를 에워싸고 있는 소나무 한 그루

대책 없이 떠날 수 없었다던 아버지

전장에서 살아남은 질긴 목숨이라고
대대로 살아온 터전을 버릴 수 없었던 신세라고

도시로 떠나는 친구들 배웅할 때마다
유학 간 아들 돌아오지 않는 명절 때마다
뒷산 소나무 바라보시던 아버지

고향집 기둥과 서까래가 되지 못하고
그 잘난 것들 힐난하지 않으며
마을을 떠받들며 고뇌하는 동량

막걸리 한 잔 그리운 언덕
굽어진 허리 받쳐주는
화분 속 등 굽은 소나무

2부

숫자놀이

처서

매미가 너무 슬프게 울어서
울다 지친 조문 행렬
멈춰버린 발길

남아서 추모하는 자
떠나며 위로하는 자

무더위는 선풍기 바람처럼 돌고
이별하는 시골 장례식장
눈물처럼 흐르는 땀방울

한쪽에서는 호상이라고
한쪽에서는 허무하다고

지칠 줄 모르고 돌아가는 상모처럼
고추잠자리 맴돈다
하늘은 눈부시게 푸른데

고무래

허리 굽을 대로 굽은 조치원댁
들판의 출렁이던 황금 물결 퍼다 놓고
구부러진 허리 펴지도록 행복하다

마을 회관이 부자다
검은 포대의 긴 멍석 따라
왕복하며 주름살 만들고

누렁이도 멍석 옆에서 졸고
벼를 끌고 온 외발 리어카는
두 팔 벌려 하늘의 솜사탕을 가득 담는데

들녘 바람이 가득 지고 온 햇볕
졸음이 쏟아지는 나락들
누렇다 못해 금빛이다

도리깨질에 터지는 콩처럼 저려 오는 허리
구멍 난 양말 바닥으로 밀고 다닌 고랑마다
빛이 쌓여서 반질거리는 손잡이

옥상에서

시가지를 내려다본다
작은 몽돌 같은 집과 산보다 높은 빌딩
공원의 나무들이 듬성듬성 다도해 같이 푸른데
바다로 가는 길은 막혀 있다

때로 사람은 그리워할 때 고독하다

산이 제일 멀리 있고 그 앞에 집이 몇 채
물이 흐르고 미루나무 줄지어 서 있고
초록의 들판 눈 속으로 들어오는 순간
고향집 까치가 내 손을 찍는다

때로 사람은 떨어져 있어 봐야 그립다

전시장 풍경화 앞에서
다가서다 물러서다를 반복하다가
찾지 못한 저 도심 속
속마음

때로 멀어져 간 사랑이 아름답다

숫자놀이

강아지가 붉은색 리본 목에 걸고
숫자 3이 붙어있는 팻말을 물고 온다
조련사의 박수에 의기양양
방금 연기를 마친 무용수처럼
두 발을 내미는 포즈
한 줄로 늘어선 0부터 9까지의 숫자
좁은 공간을 왕복하는 강아지
열 개밖에 안 되는 글자에 묶여
개다운 삶을 포기하고
반복되는 조건반사의 먹이로
평생 외워야 하는 주민등록번호 주워 먹고
잃어버린 군번 먹고
기억해야 하는 카드의 비밀번호 잘도 먹어치운다
열 개의 숫자를 주렁주렁 매달고 다니는
그 목에 걸린 숫자의 무게를 아는가
물어다 주는 숫자에 박수를 보내는 사람들
열 손가락으로도 헤아릴 수 없는
그 무엇을 위한 숫자들
강아지는 호루라기 소리에 맞춰
또다시 찾아 나서고

설舌

간이 팅팅 붓도록 허파가 뒤집히도록
염장 지르는 염통
쫑긋 세운 귀때기에 늘어진 혀까지

자르고 잘라서
설舌은 말씀설이 되는
순댓집

죽어서는 혀만 천국에 간다
남의 속 뒤비지 말라

잘려진 설舌 조각 들고

반품에 깨지고 뒤틀린 김과장이나
실적 쌓다가 경련을 일으킨 최부장이나
속 시원하게 훑어 내리는
술잔은 넘치는데

혀만 놀리던 나를 젓가락에 얹고

혀만 놀리던 너를 젓가락에 얹어

설舌은 탁자 끝 술병을 사열하며
말씀설이 잘도 넘어간다
오늘이

겨울잠

농약을 마시고
폐수를 마약처럼 마시고
삭막하게 잘려나간 산 밑 수로에서
개구리
죽은 듯이 잠이 들었다

얼음 깨고
삽질하고
흙 뒤집는 사이
상기된 수치심에
알몸으로 떨고 있던 그 겨울의 들녘

얼음 속 보금자리 무참히 깨부수는
잠꼬대 같았던
포크레인의 굉음
자야 한다
자다 보면 어둠이 가고 눈부신 빛이 오리니,
어찌 살아남은 목숨인가

발가락도 보이지 않게
숨어야 한다
숨어서라도 자야 한다
자다 보면 겨울이 가고 봄이 오리니

고구마

하얀 눈을 털며 문을 열고
뜨거운 고구마에
눈이 먼저 간다

자식 밥 챙겨주랴
짐승들 밥 챙겨주랴

영감 죽어 이 고생이라니까
신세 한탄하다가도

눈 많이 오면 풍년 든다지
올겨울 눈이 징그럽게 오는구먼

구수한 냄새에 청주댁의 타박을
하나씩 집어 든다

자식 밥 챙겨주랴
짐승들 밥 챙겨주랴

물리도록 먹어온 고구마 별맛 아니어도
손가락 마디에 붙어온 관절염은 동기생

보릿고개 걱정하던 겨울이
연실 푸는 얼레처럼 돌아간다

뜨거운 고구마에
출근부 도장을 찍는
마을 회관

구제역

명의 허준이 생각나는 밤
차가운 하늘 저편 수없이 떨어지는 별똥별
말라리아로 쓰러져가는 아프리카
수단의 어린이들 가슴마다 박힌다

가슴앓이가 심해 눈물 흘리는 종유석처럼
파타야 해변의 강렬한 햇빛처럼
산으로 들로 방황은 시작되고

들 건너 강 건너 빽빽한 나무숲
사랑의 손길 메아리가 잘라먹고
길을 차단한다

감시 초소의 눈초리
주름의 골마다 뿌려지는 워낭소리
처량한 안개비는 장렬하게 전사하고

떼죽음 당하여 동굴에 묻힌 죄 씻으려고
차가운 벽에 거꾸로 매달려

어둠에 길들던 박쥐처럼

공항 검색대 발열기의 붉은색
눈이 내리는 뜨락에 쪼그리고 앉아
얼굴 화끈거리고

참회하는 고드름
흙먼지 파헤치는 쇠방울 소리
되새김질에 지친 흰 거품
겨울은 길다

멍순이

이웃집에서 얻어다 딸처럼 키운
짖지 못하는 멍순이
늘 두 발 들어 낑낑거리며 사람을 반긴다

집 잘 봐야 한다
조석으로 말을 건네 보는 어머니
처절한 그리움으로 답답함 토해내지만
입가에 거품이 될 뿐
절규하는 몸짓은 소리가 되지 못한다

세상에 제 할 말 다하고 사는 사람 어딨다느냐
하시며 속상해하다가도
너무 어린 것 젖떼어 그렇다고 여기는 어머니
장날 생선가게에 들러
버려지는 것들 얻어다 성찬을 마련한다

마실 온 이웃집 개와 눈 맞아
새끼 여섯 마리 순산하고
수화하듯 두 발 들어 허우적대는

고향집 멍순이

인기척이 나면
발톱이 헤어지도록 땅을 긁는데
짖어야 할 때 짖지 못하는 사람 얼마나 많더냐
하시며 애처로워하다가도
그저 이쁘다고 쓰다듬는
우리 어머니

손금

생각이 손금처럼 복잡하다
어디가 시작이고
어디가 끝인가
잔금이 새벽 서릿발처럼 반짝인다
이게 내 생인가
가지를 치고 뻗다가
다시 만나듯 합쳐지는 물줄기
어디쯤 흘러가는 것일까
갈라진 길 이어간 것이
칠성님 덕이라고 아직도 믿는 어머니
주름살 같은 텃밭 고랑의 채소
싱싱하게 키워내는 재미가
당신이 살아가는 이유인 것처럼
나는 매연이 탁한 거리를 활보한다
손으로 햇빛을 가리다
거리에 어둠이 밀려오면
안부 되묻다 울먹이는 술잔
언제쯤 돌아가야 할까
아직도 할 일이 많은 손을 내려 본다

백화점에서

어릴 적 내 별명인 허수아비처럼
헐렁한 옷을 걸치고 웃어 보이는 마네킹
몸집보다 더 큰 옷에 덮여
새를 쫓던 가을이
백화점을 물들이고 있다
운동회 때 결의를 다지듯 두 손에 들었던
검정 고무신도
엄청 싸게 팔 것 같은 세일 문구 속
검정 구두로 번들거리고 있다
동생이 물려받아 닳아 없어질 때까지
질긴 생명을 다하며
나 아닌 나로 살더니
굽은 허리 펴지지 않는 어머니처럼
품이 넉넉한 옷을 기웃거리다가
볼이 넓은 구두에 내 얼굴을 비춰보다가
나 아닌 나가 화들짝 놀라서는
사람들 속에서 얼굴을 붉힌다

고향에서

고향집 뒤껻 추녀에는
일터로 떠나는 풍경이 있다

허둥대며 차에 오르는 큰아들
작업복의 무게에 눌려 피로를 몰고 나서는데
잠이 덜 깬 눈으로 고사리손 흔드는 아이
엄마 품에서 할머니 품에서
짧은 이별 서두르고

낫 들고 호미 들고
소쿠리 옆에 끼고
노부부 이슬 털며
텃밭을 향하고

떠날 곳도 없고
떠나서도 안 되는 줄 알고
옹기종기 모여 사는 사람들
일벌레처럼 땀 훔치며 하루가 시작된다

고향집 뒤꼍 추녀에는
일터에서 돌아오는 풍경이 있다

추녀 끝에 보금자리 마련한 땅벌들
태양의 기울기 따라
객지에 나간 자식들 돌아오듯
하나둘 귀가하고
아파트 구멍 같은 벌집에
먼 길 마다치 않고 꿀을 찾아 떠났던
벌들 늘어진 날개를 접는다

대대로 살아온 집
교대로 보초 서는 일벌과 함께
늘 열어놓고 살던 사립문 그믐달만큼 당기며
강아지 밥 주고

수건 벗어 흙 털고
저린 팔다리 주무르며
마루에 걸터앉은 노부부
어둠이 적막한 피로를 밥상에 얹는다

목장갑

쥐구멍 빠져나왔건만
볕이 없다
바람이 불고 눈이 온다
눈발 사이로 우리는 소형 트럭에 나눠 타고
세상을 향해 떠나고 있었다

기계 소음 고막이 터지도록
감기고 감긴 채로
주택가 골목길 지하 창고에 갇혀
어둠이 점점 깊어 가는데
어찌나 숨이 막히던지

연륙교 공사장의 칼바람 떠올리며
철근의 무게 발아래 내려놓고 싶었지
때론 구수하게 고기 구울 숯불을 생각했지
커피향 짙은 찻집의 피아노 소리 떠올리기도 했지

어디로 가는 것일까
목적지는 중요하지 않다

실타래 어지럽게 돌려내는 소리
다섯 손가락 만들어가는 소리
벽장의 쥐 소리

지금쯤 담배 연기 날려 보내고 있을
벙어리장갑 아이들에게 과자를 사주고 있을
우리들의 새 주인 찾아
무작정 떠나보는 거다

폭설이 내리는 도로에서

하루살이의 춤이다
점점 격렬한 무희舞姫

그리움 한바탕 몰아치더니
나방은 껍질을 벗고

차창에 하나둘
삼천 궁녀가 된다

이렇게 마감한들 후회가 없겠나
얼마나 긴 여정을 돌아왔는데

과감하게 내던지는
하루살이의 꿈

전설은 죽음이 되어
눈꽃이 피고

나는 무엇을 향해 달려가고 있는가

나는 누구를 향해 달려가고 있는가

와이퍼가 만드는 부챗살
새하얀 세상 굽어보는데

겨울 바다

첫사랑이 남아 있을 것 같은 겨울 바닷가, 파도가 입
질하듯 세상으로 밀려왔다 밀려간다 괭이갈매기 노래하
는 무한대의 광장, 우리가 서 있는 자리의 모래사장은
살아온 날만큼 무너졌다 살아갈 만큼 모여든다

건너편 갯벌의 가창오리떼, 파도가 밀어놓은 부유물
앞에 거지처럼 기웃거리고 이력서 한 장과 건장한 육신
하나로 오늘도 빌딩 속을 구걸하는 내 동생, 밤마다 오
색 풍선을 띄우는 꿈을 꾸다가 시집가기로 결심했다는
여제자의 푸념, 2만 킬로미터를 비행하여 날아오는 철새
의 거친 호흡으로 겨울은 아직도 싱싱하다

3부

캥거루 백bag을 멘 남자

캥거루 백을 멘 남자

— 조팝꽃

씻나락 뿌리 내리고 개구리 밤새 울어
팝콘처럼 조팝꽃 터지면 울음소리 울려 퍼지는 마을
집성촌의 돌림자 따라 남녀 구분도 없이
일석이 이석이 삼석이, 단수 숫자가 모자랄 지경
끝내는 억석이까지 태어났다

모두가 천명이요 제것 지가 가지고 태어나는 세상
거리의 벽보에는 둘만 낳아 잘 기르자고 외치는
그 외침도 들리지 않던 오후
나는 억석이 또래 아이들과 더 크게 떠들며
산으로 들로 아카시아꽃 따 먹는 사이
조팝꽃의 탐스러움은 시대를 거스르고 있었다

조팝꽃이 지고, 가지고 온 지 먹을 것 찾아
먼지 뒤집어쓰던 공장에서
벽돌과 모래를 져 나르던 건설현장에서
그 많던 석이들의 땀과 눈물 흘려
고향의 꽃은 서럽도록 빛나고
부케를 든 억석이 딸 성당에서 혼인 서약을 하는 날

신부神父는 생명 존엄의 주례사를 하고
향기에 젖어 뭉친 노년의 덩치들 엄숙한데

제법 키 큰 조팝꽃 와글거려
툇마루 끝에서 기다림은 시작되고
초라한 점심상 앞, 허기를 뜨는 노부부
꽃이 너무 많이 피어서 말이 없다
말이 너무 없어서 꽃은 고요하다

캥거루 백을 멘 남자
— 타조

날고 싶었다
그것은 언제나 꿈, 부질없는 세월
어깻죽지가 늘어지고 오십견의 고통에도
원죄의 무게가 짓누르며 퇴화하는 날개
눈물 흘리는 것도 그 시절엔 사치였지
울안에 갇혀 돌아다니는 것도 이젠 이골이 난 듯
산에 들에 가면 개망초 허허롭게 피어서
두 발로 뒤뚱거리기 시작했다
날아가는 꿈 대신 더 뛰어야 한다는 강박관념
먼지 풀풀 날리는 신작로의 코스모스처럼 움츠려야
했고
국기봉 앞에서 몸부림치는 태극기처럼 정갈해야 했고
어깨를 부딪치며 자라난 날개가 펴지지 않을 때도
절망보다는 굴뚝의 연기와 구름 속을 나는 꿈을 생각
했다
계단을 오르며 이따금 바라보는 푸른 하늘
주어진 날개를 놔두고 달려야만 하는 신세
늘 고고하게 잠망경 같은 긴 목 흔들어
먼 산 바라보는 습관, 가족을 생각하게 하고

하이에나가 탐내던 그 큰 알
독수리들이 감시하며 시기하고 여우들의 술수까지
날지 못하는 설움은 바위에 깨어져
통곡하다 목이 멘 메아리는 광야로 뻗어 나가
몸은 무거워지고 뱃살은 불어나
밤마다 날아가는 꿈을 꾸며
밤마다 날아가는 잊혀진 기억을 두드리며
사막을 달리고 있었다

캥거루 백을 멘 남자
— 주머니

주머니가 없다
주민등록증과 신용카드가 전부인 낡은 지갑
늘 나를 호출하는 휴대폰
가지고 다녀야 할 것만 같은 담배
땀이 흐를지 몰라 대비하는 손수건
열쇠 뭉치들까지
나만의 주머니가 없다

채권 장수 같다고
일수놀이 하는 사람 같다고
가방 드는 것 만류하던 아내
고향의 어머니 좋아하시는 호두과자 사고
어깨에 메는 작은 가방 사준다

동생이 크면 물려줘야 하니까
크게 입어야 했던 옷
이것저것 욱여넣어야 했던 주머니

부끄러워 숨겨야 했던 그 시절

주머니 속 물건들 검색대 통과하듯
주머니를 옆구리에 멘 멋쩍음
승용차 사이를 비집고 가는데
어깨 다독이며 가방의 위치 고쳐주는 아내

그래, 자랑스러운 배를 가려야지
요즘 유행하는 젊음의 트렌드처럼
캥거루처럼

캥거루 백을 멘 남자
— 웬수

온탕에 앉아 출장갈 일 고민하는데
며칠 전 정년 퇴임한 사내가 푸념을 건네 온다
자식은 원래가 웬수였다네요

집 지키는 강아지가 된 아들
취업시험에서 번번이 떨어져도
기죽지 말라고 지갑에 용돈 팍팍 채워주고
몸 축날까 봐 때맞춰 밥 주고 있는데

탕의 온도를 높이며 사내는
겨우 취직시켜 놓았더니 장가도 안 가고
지 에미하고 살면 안 되냐고 하네요

떼어놓고 싶은 한가함에 붙어
일상이 되어버린 껌딱지
대학 졸업시키면 끝나는 줄 알았다
누구를 탓하겠는가

선도 안 본다 혼자 살면 편하다나

그래서 원수를 사랑하라 하시나 봐요

쏟아지는 냉탕의 물처럼
열탕에서 쏟아내는 땀방울처럼

사내는 호탕하게 웃으며
원수를 사랑하러 간다

그래, 원수를 사랑해야지
캥거루처럼
아내가 사준 가방 배에 차고

캥거루 백을 멘 남자
— 꼬리잡기

아이들이 꼬리잡기 놀이를 한다
서로의 꼬리 잡히지 않으려고 활처럼 휘어졌다
또 늘어지며 너울을 만든다

전봇대에 오줌을 갈기고 코를 벌름거리는
놈이나 꼬리가 있는 거야

꼬리가 어디에 있어
원래 꼬리는 없어

갑자기 꼬리를 만져보고 싶었다
꼬리가 없다
꼬리 잘린 도마뱀처럼

고꾸라지며 무너져 내리는 아이들
함성은 꼬리를 잘랐다
누가 말하는가, 본래 꼬리는 없었다고

균형이 무너지고 꼬리는 사라졌다

사라진 꼬리를 찾기 위한 몸부림

도약의 시작이다

캥거루 백을 멘 남자
— 주례

첫 시간에 수업한 진달래꽃보다 더 붉어진 채로,
부모님께 효도하고 친구들과 잘 지내라
20년 전 종례시간
단발머리 양 갈래로 묶고 귀를 쫑긋 세운 아이
성수를 뿌리듯 비가 내리는 한강변

한 번도 서 보지 못한 자리에 서는 것에 대하여
미리 가볼 수 없는 세계를 걸어가는 것에 대하여
흰머리가 보이는 중년이 아니고 싶은데
거울 앞에 한참이나 서 있다가
제자의 간청에 덜컥 먹고만 청심환

제트스키 시원하게 물살을 가르고
박수 소리 뜨겁게 만든 길 따라
흔들림에도 균형을 맞추며 의지할 길이다
두 손 꼭 잡고 모험을 떠나는 길이다
짧고 굵게 언약을 하고

어쩌다 한 번씩 찾는 서울의 낯설음처럼

인정할 수밖에 없는 시간 속에서
어찌나 땀이 나는지
아내가 사준 가방 배에 차고
캥거루처럼

캥거루 백을 멘 남자
— 동행

어찌된 일일까
아내가 새로 사준 구두 바닥의 무늬
가지런하게 찍힌 눈 위의 발자국
분명 잠을 자고 있었는데

내 의지는 아니다
누구의 뜻인가

그대의 말을 듣지 못하고
나를 숨기고 숨다가
끝내 드러내지 못한 유년의 초상

내가 걸어온 것이 아니다
누가 나의 구두를 신고 걸었단 말인가
혹시

버리지 못한 추함에 미를 채색하는 일상
덩그렇게 남아 있는 초가집
한국화의 여백 같은 눈 위

발자국

밤을 걸어온 흔적
내가 걸어가야 할 길
외롭지 않다

캥거루 백을 멘 남자
― 녹

비가 그치고 하늘이 운다
녹을 지우는 데는 콜라가 최고란다
모르는 사이에 구석구석 배어온 습관까지도
세균이 득실거리는 녹색 이끼 같은 찌꺼기도
콜라는 지워낼 수 있을까

희미해진 유리를 닦는다
우기가 몰고 와 달라붙은 습기 같은
부끄러움도 떼어야 한다
유리 테이프로도 떨어지지 않는다

지워내는 것이 아니라 녹이는 것은 아닐까
치약을 들고 양치를 하듯 거품을 내며
입구부터 가득 찬 녹을 벗겨낸다

우르르 쿵쾅,
흙먼지에 던지는
젊은 날 어딘가에 남아있을 빗방울
아무리 생각해도 지워서는 안 될 것 같은

희망 같은 것
열정 같은 것

하는 일 없이 방 안에만 있는 동안
장마는 계속되고
지워도 또 생길 녹 벗기는데
아내는 미련 없이 버리란다
무엇을 버리라는 것일까

캥거루 백을 멘 남자
— 우산

서류봉투 하나로 건널목을 달리는
내 젊은 날의 자화상
윈도 브러시가 빠르게 작동하며 지워내고

천둥 번개 빗줄기에 채찍을 가하고
젊은 남녀는 우산 속에 갇혀 있다
사랑의 밀어는 휘어지고 찢어져 나뒹굴고
언제 그칠지 모르는 비

요즈음 젊은 세대들에게 물어보면 안 되는 말
- 부모님 다 계시나?

우산을 쓰고 비를 피한다는 것
언제 그칠지 모르는 삶을 위해 끊임없이 뛰어간다는 것
댓살에 비닐이 찢어진 우산도 버티는데
자동차의 유리창은 요란하다

요즈음 중년 세대들에게 물어보면 안 되는 말
- 자녀는 다 잘 삽니까?

아플 때 밤새 나를 지켜주시던 어머니
매운 연기 마시며 금 나와라 뚝딱하고 만들어주신 성찬
누나도 동생도 등잔불 아래 모여들던 밤
비가 내려도 눈이 와도 바람이 불어도
걱정 없던 그날 밤, 초보운전을 하듯 기억은 조심스럽고

무너져가는 우산 속 금기어들
묻지도 따지지도 못하는 캥거루 한 마리
낯선 지역을 여행하듯 궁색해진 언어들
비를 맞는다

캥거루 백을 멘 남자
— 신문

두 개의 조간신문
거꾸로 읽는다

거꾸로 읽는 글자들 부딪혀
진실을 토해낸다

같은 목소리
다른 울음소리

그른 것도 옳다고 해야 하고
옳은 것도 그르다 해야 하는

활자의 크기만큼
느릿느릿 기어가는 매일

할 일이 없어서도 아니고
세상사에 지나친 관심도 아니고

거꾸로 하는 수업만큼 어려운 시간

식탁에 올릴 화제 한 점을 위해
당도 높은 과일 같은 것을 위해

거꾸로 수업을 한다
거꾸로 신문을 읽는다

캥거루 백을 멘 남자
― 돼지저금통

부자가 되기로 마음먹던 날
난 단숨에 부자가 되는 줄 알았다
바지 호주머니 출렁대는 동전들
오갈 때 없어 한 푼 두 푼 던져놓다가
돼지가 품 안으로 달려드는
엄청난 꿈에 부풀어 돼지를 한 마리 장만했다
돼지 등에 비수를 꽂으며 동전은 쌓이고
백 근쯤 나갈 무게는
온 동네 사람들이 먹고도 남을 것 같다
티끌 모아 태산이라고 했던가
티끌은 모았으되 태산이 되지 못하는 돼지 앞에
나는 절망했다
결혼한 아들 녀석 전세금도 못 되는 돼지
태산을 올리는 손자 녀석의 울음소리
다달이 날아오는 카드영수증
나도 받은 것이 없으니
너에게 줄 것도 없다는 것은
너무 무책임하다고 느낄 때
돼지 목에 꽂은 칼 선지피를 쏟아냈다

종이 통장도 사라진다는 뉴스
종이 통장이 사라지기 전에
태산처럼 쌓고 싶었던 욕심 제자리로 돌려놓고
손자 놈 초등학교 입학선물이나 주리라
출렁대는 동전들

캥거루 백을 멘 남자
— 동물원

괜찮아, 뭣이 괜찮아요?
공감

고기와 함께 알찜의 저녁 메뉴는 생소한 호강
처음 직장에 출근하는 날
후르르 입에 털어 넣던 생달걀처럼
노른자의 찝찝한 비린내 걷어내다 보면
맹수를 물어뜯지 못해서
날개가 없다는 이유로 갇힐 수밖에 없어
견학 온 아이들의 웃음거리가 되기 싫은 까닭에
길들어야지

괜찮아, 뭣이 괜찮아요?
공감

숲으로 가야지 뒤도 돌아보지 말고 가야지
똥을 주제로 한 박물관
엉거주춤 앉아서 볼일 보는 아이
빛나는 황금은 영혼을 맴돌고

자전하는 지구처럼 살다가 머물 그 어떤 곳에서
손을 잡으면 금방 눈물이 될 것 같은
아버지의 목소리 어머니의 손
우산을 쓰고 비를 피해야지

괜찮아, 뭣이 괜찮아요?
공감

학습하고 학습되는 일을 반복하고 싶지 않다
지혜는 반복으로 얻어지는 것
아니다, 반복은 언제나 제자리다
그의 눈 밖에서 우리를 넘어설 눈치만 보는 것
외롭고 쓸쓸해도 사막의 밤을 겁 없이 달려보고 싶은 것
피곤이 청해보는 깊은 잠, 밤이슬 흠뻑 젖어 보는 것
새벽 기차를 타고 떠나고 싶은 것이다

괜찮아, 뭣이 괜찮아요?
공감

캥거루 백을 멘 남자
— 재난문자

벽이 높다

개가 짖는다

담이 흔들린다

지진인가?

3층 높이의 나무가 이따금 바람을 보낸다

30년 전 푸릇푸릇 돋아나던 나뭇잎
푸르고 싱싱하게 성장한 나무
명예퇴직을 하는 동료를 보내듯 단풍잎 날려 보내고

창살을 사이에 두고 손 내밀어 주시는
접견실 수녀님의 기도처럼

그녀가 있는 안과
내가 있는 밖은

분명하게 그어진 선

개가 짖고 담이 흔들려도
벽은 벽이다

담쟁이처럼 씩씩하게 머리를 들고 갈까나

거실 등이 흔들리고
어지럽고 매스껍다

핸드폰을 보채는 재난문자

캥거루 백을 멘 남자

— 남바위

천상여자다, 꽃과 풀의 빛깔을 입은 한복
요즘 보기 드문 천상여자다
바늘로 한 땀 한 땀 시간을 깁는 아파트 거실

비키니 입은 여인 차양 넓은 모자 쓰고
텔레비전 화면에 알짱대는데
돋보기 쓰고 바늘땀을 꽂는 손끝

손가락에 구멍 내며 만든 방한모
봉술과 구슬이 늘어진 털
겨울 여인의 머리에서 꽃피고

쪽진머리 감싸고 조신하게 차려입은 한복
흰 눈 뽀드득뽀드득 밟으며 걸어갈
여인의 법도 같은 멋스러움이여

삯바느질 밤샘으로 눈이 침침한 할머니
따뜻한 손길에 내리던 눈발
실수로 찌른 바늘 끝으로 이어지는 핏방울

천상여자다, 과일의 빛깔을 입은 한복
요즘 보기 드문 천상여자다
어머니의 숨결 깁는 아파트 거실, 바늘 한 땀

캥거루 백을 멘 남자

— 사향思鄕

우포늪 거닐다가
물총새가 물어다 주는 뽕나무 잎 들춰보고
오디를 따서 입에 넣는다

나무 끝에 매달린 위태로운 새집 온몸으로 짹짹거리고
부르트도록 발을 담그고 서 있는 주목
땀을 식히는 농부처럼 푸른 이마 하늘에 내민다

노랑부리백로 얼쯤하게 고개를 들다가
붉은 노을 속에 머리를 처박고
어머니가 담근 오디주 한 잔에 취한다

풀을 뽑으며 새끼들 줄 남새를 가꾸는
여름이 가져다준 아버지의 폐렴처럼
스멀스멀 기어가는 녹색의 벌레

둥지의 새끼들은 얼마나 좋을까
이름도 기억하지 못하는 새 한 마리
물살을 일으키고

4 부

영락영배

영락영배*

잔을 흔들면
신하가 달려와 술을 따랐다는 영락영배
경주 방문 기념으로 거실에 두고 바라본다
투구 같기도 하고
갑옷 입은 장군 같기도 하다
환호하는 잔 둘레 달개 장식
천 년 전 장군의 호령에 군기 든 병사처럼 흔들리고
개선장군 맞이하는 왕은 취한다
기쁨은 가득 부어도 비어 있는 것인가
승리를 부어 흔들었을 그 날의 왕궁
거실에 와 있다
홀로 문 열고 들어서는 저녁엔
장군도 없고 왕도 없고 신하도 없는데
잔을 흔들어본다
달려오는 이 없고 술 따르는 이 없는
영락영배의 달개 소리

* 신라의 토기

느린 우체통

기다림이 사랑이라는 걸 모르고 살았는데
카드 청구서는 우표도 없이 날아오고
조바심내며 우편함 근처를 서성이는 동안
창동 거리를 걷고 있었다
봄날은 기울어 가고
타임캡슐처럼 하나둘 불을 밝히며 들썩이는데
기다리다 처진 어깨 어디쯤엔 나비가 앉았네
배달 사고의 책임을 지지 않는다
파란색 통은 한 달 걸리고
노란색 통은 일 년 걸린다는
느린 우체통 앞에서
지친 내 발을 묶고 편지를 쓴다
나는 조금이라도 빨리 가고 싶은데
너는 더 느린 것을 찾고 싶어 했었지
기다리다 붉게 타오른 우체통에
동백꽃이 다시 필 때까지 너의 얼굴 그려 넣는다

대추나무

자식들 주겠다고 울안에 심은 대추나무
이웃 나들이 바쁜 가지에 천하태평한 대추알
친구처럼 날아오던 새 한 마리
바깥세상 전해주며 재잘거리는 녀석
자식들보다 낫다며 툇마루에 앉았는데
녀석이 빨간 대추 한 번 찍어 보고 날아간다

자식들처럼 잘도 크던 나무
병들어 한쪽 가지를 베어내는 고통
성장을 멈추게 하다가 올해는 대추가 풍년이다
대추 한 알 따보지 못하고
호흡이 거칠어져 기침을 한다

한 번쯤 빠져들고 싶은 안개의 숲
산소호흡기 앞에서 새는 또 한 번 도움닫기를 한다
그곳이 얼마나 먼 곳인지를 알지 못하고
눈물도 없이 보내는 병실
유리창에 부딪쳤다가 날고 날다가 부딪치고
임종의 맥박처럼 떨어지는 대추알

본능

호랑이 울타리로 날아간 스카프
잠자던 녀석은 어슬렁거리고
태권도 유단자의 돌려차기로 한 판 붙는데
거울 앞에 선 여인의 볼터치처럼 간지럽고
본능은 뒷덜미를 물고 피가 뚝뚝 떨어지는 밤
누가 뒷덜미를 낚아챌지 모르는 불안에
나는 치킨과 맥주를 먹는다
목이 걸려온다
경추의 정교한 뼈맞춤 사이의 살 정교하게 발라내면
맛은 뒷전이고 입언저리에 붉은색 칠갑을 한다.
밤이 아닌 밝은 대낮에도
얼마나 많은 목덜미를 내놓고 살았던가
불을 뿜으며 온 마당에 피를 뿌렸지
비틀어도 새벽이 온다는
닭의 그것을 비틀지 못해
어머니와 나는 해가 지고 있었다
닭볶음탕 집에서도 젓가락에 잡히는 것은 목이다
상대의 목을 표적으로 삼는 맹수들
젊은 시절 그녀의 목에 남긴 진한 사랑

버스를 기다리며

옷가게 탈의실 같은 버스 정류장

빈손으로 뒷짐 지고 가는 노인
포스터에서 불쑥 튀어나와
사람들이 내려놓은 기다림 주워들고 간다

매매계약서에 도장을 찍어 주고
터덜터덜 복덕방을 나서는데
나의 운명도 덩달아 바뀔 것 같은
운명이 바뀐 집

나뭇가지처럼 팔을 휘저으며
등짝에 달라붙은 배
막걸리잔에 기울던 노을 자근자근 밟고

종종걸음치는 겨울 해 위로
휘어진 허리만큼 초승달이 뜨는데
발등을 콩콩 찍는다
아까워 주워야 할 것 같은 저 어둠마저도

돌아가야 할 시간
돌아가야 할 곳이 있는 버스는 오지 않고

시계병원

가끔 귀가 떨어져 나가는 악몽을 꾼다
귀를 찢어내듯 자명종
소리 지르며 깨는 새벽
있어야 할 곳에 없는 물건을 찾을 때처럼
은행잎 지는 길을 헤매다가 혼미해져 가고 있었지

제꺽제꺽, 제꺽제꺽, 제꺽제꺽

찾는 이 없고 아는 사람만 찾아온다는 대로변 골목 안쪽 이층집, 오른손 엄지손가락 한 마디 없는 늙수그레한 사내가 낚시 가방을 메고 있었지 사내는 확대경 한눈에 끼고 사라진 손가락 마디를 고정하였지 창문으로 들어오는 햇살과 알전구 사이 수술하는 의사처럼 차갑게 반사되는 유리 책상, 무릎 연골처럼 마모된 톱니를 갈고 맞추는 정교한 작업 끝에 마취에서 깨어나 조금씩 숨을 쉬기 시작했지

재깍재깍, 재깍재깍, 재깍재깍

연인들처럼 다정하게 거리를 걸어가고 싶었지 그런데
전자기계에 밀려 거리를 걷고 아이들과 바이킹과 청룡
열차를 타는 동안 심장이 내려앉고 귀에 압이 차도록 어
지러웠지, 멀미가 났지 정신 줄을 놓을 지경이었지

째깍째깍, 째깍째깍, 째깍째깍

찾아주는 이 없는 연못
아는 사람만 찾아온다는 이층집 안마당
오른손 엄지손가락 한마디를 던져놓고
꼬리 흔들고 지나간 물고기 옆으로
물살의 조각을 맞추는 수련의 꽃봉오리

재깍재깍, 재깍재깍, 재깍재깍

계단을 오르다가 덜컹
연못가 돌 사이를 걷다가 덜컹
코를 골다가 무호흡에 빠진 사람처럼
가다가 멈추고 멈추다가도 가야만 하는
물안개 같은

상床 파는 여자

솔거가 그린 소나무에 비둘기가 곤히 잠을 잔다
뿔 달린 낙타*를 타고 시인은 지나가고

옻칠 냄새 가시지 않은 갈라진 손바닥
뒷방에서 다락방에서 먼지 먹고 자라는 상들
전생엔 모두 수라상이었을 봄날

상床은 팔지 못하고
상相만 파는 여자

새 상床 선보이는 자존심
아파트 담벼락에 세워 놓고
아이들 둘러앉은 저녁 시간 걱정하는데

석양을 머리에 이고 떠돌던 젊은 날
꾸벅꾸벅 졸음이 밀려오고
눈길 주지 않는 발자국 소리마다
동그란 상처럼 커지는 눈동자

잠자던 비둘기는 곧 날아갈 것 같은데
나무에 차려지는 진수성찬
흐드러지게 기지개를 켜는 벚꽃

한 번쯤은 멋진 식탁에 앉아보고 싶은 여자
찻잔 앞에서 한가롭게 수다를 떨고 싶은 여자
부자이면서도 부자가 되고 싶은 여자

* 성선경 시인의 문학에세이『뽈 달린 낙타를 타고』인용

고드름

약수처럼 떨어지는 물
얼어버린 땅을 뚫기 위한 끊임없는 두드림
다시 어둠에 사로잡히지 않기 위한 몸부림

어둠을 노크하며 긴 터널을 빠져나왔을 것이다
환하게 웃는 법을 모르는 것도 아니다
언젠가 가슴을 관통하는 시원함으로
얼음에 구멍을 내고 천길 땅속으로 스며들어
어디쯤일지 모를 물줄기를 만나고 싶은 것이다

녹아내리는 물이 스며들지 못하고
또다시 얼어버려서
반기를 들듯 우뚝 서버리는 얼음들
의로움의 기둥을 거울처럼 쳐다보는 슬픔이다

타협을 모르고 몰입하며 살아온 시간
한동안 머리를 쥐어뜯던 두통
벽과 벽 사이에 영그는 이슬이 벽을 긁으며
손톱에 묻어나는 핏방울의 그리움

따사로운 햇살에 녹는다

추녀 끝에서 떨어지는 물
마른 눈물샘을 후벼 파는 빛
흙냄새 풍기며 쏟아지는 비

녹아든다는 것은 저 물이 땅으로 스며드는 것
저 물이 스며드는 것은 누구라도 손잡고 나갈 수 있는 것
어둠을 빠져나와 뒤돌아보는 아련함처럼
볼록렌즈를 통과한 햇살처럼 지독하게
사랑이 녹고 있다

오십견

매미 소리 시원하게 들려오는 날
만세를 부르란다
독립 만세처럼 힘들게 들어 올린 두 팔
나는 언젠가 본 트럼펫 연주가처럼 엉거주춤
시원하게 만세를 부르지 못했다

박물관 앞 광장
밤마다 매미가 운다
마술사는 모자에서 비둘기를 꺼내고
또 비둘기가 나올 거라고 믿는 스카프
예상을 뒤엎고 피어나는 장미
물개처럼 환호의 박수

주사약 처방하는 손길
나이가 들면 다 겪는 거란다
팔운동 하라는 말도 잊지 않는 친절함
밤하늘의 별이 뜬다

잠도 없이 우는 매미

잠도 없이 뜨거운 광장 불빛
잠 못 이루는 사람들
트럼펫 부는 사나이의 구슬픈 곡조

오늘은 꼭 만세를 불러야지

참외론論

화분의 대나무 마디를 헤아리다가
내 나이를 세고 있었지

호박에 접붙여 명품 된 끝물 참외
리어카 장수 외치고

마디가 내 나이보다
한참이나 모자랐지

때깔이 좋아야, 선이 곧아야, 물에 떠야
좋은 참외라는 사설

늘 푸른 줄 알았는데
흰머리가 늘어나고 있었지

아직 내 얼굴색은 괜찮아
생각의 선 아직 팽팽하잖아

동으로 서로 가지를 뻗고

남북으로 골이 깊잖아

개수대의 물에 줄지어 떠 있는 참외

너도 나 되었다가
나도 너 되었다가

욕심을 털어내는 시간
대나무 마디에는 가지가 돋고 있었지

개미침입

어둠이 드문드문 습기를 뱉어놓을 무렵
개미가 줄을 지어 쳐들어왔다
그들은 정예부대였다
초병이 양옆의 지형을 살피고
싱크대를 지나
사막 같은 방바닥을 향해 전진하고 있다
야간 전투에 익숙한 듯
대열을 이탈하는 병사가 없이
묵묵히 임무를 수행하러 가고 있다
우리는 그들의 임무를 모른다
온 집에 불을 켜는 조명탄의 위력도
그들을 막을 수 없었다
적이 몰려오고 있다
집을 지켜야 한다
가녀린 아내의 외침만 있다
우리는 아프가니스탄의 평화 같은
무기가 없다
적을 섬멸하여야 한다
슈퍼 문을 두드려 에프킬라를 사야 한다

벽

엘리베이터 문이 닫히기 직전 새 한 마리 들어왔다
고층아파트 오르기가 새도 힘에 부치는가보다

축 늘어진 나의 어깨에 편하게 앉더니 구석으로 미끄
러진다 녀석은 놀란 눈망울 굴리며 경계하듯 부리를 쳐
들고 찍찍거린다 세상에 벽이 있음을 이제야 깨달은 모
양이다 나도 녀석을 노려본다 올라가던 숫자가 4를 지나
다가 멈춘다 새는 갑자기 날아오른다 문은 열리지 않는
다 새는 충격으로 바닥에 처박힌다 나는 허리를 굽혀 새
를 손에 든다 비상버튼을 누르고 응답을 기다리고 있다

녀석은 나의 손에서
나의 손은 녀석에게서
길고 긴 온기를 확인하며 죽어가고 있었다

20년쯤 지났을 거라고 느낄 때
우리는 맑은 공기를 탐닉했다

여우고개

여우야 여우야 어디 갔니
여우야 여우야 어디 갔니

솔방울 하나가 툭 떨어져 구르고
태양을 서산에 비틀어 거는 달빛의 비명
도깨비불은 나무들 사이로 날아갔다

우두커니 고갯마루에 서 있는 소나무 한 그루
어둠 속 여우의 몸짓으로 유혹하던 밤
씨름을 해야 했다
빗자루 귀신과의 한판

나루터 백사장의 공포영화
흐르는 땀 손아귀에 힘주어 담아내던
씨름판 땀방울의 서늘함
화면 곳곳에서 처절하게 비처럼 흐르고

여우를 기다리는 소나무
침전하는 물소리 여울로 몰려오는 밤

가지마다 떠도는 반딧불이들

확장된 4차선 도로에 묻혀
푸른 날의 고개
저 아득한
도깨비불

여우야 여우야 어디 갔니
여우야 여우야 어디 갔니

꽃을 모르고 삽니다

꽃집 앞을 지나며
생각합니다

넝쿨장미였다가
해바라기였다가
코스모스였다가
향기 가득한 국화였던
당신

누군가를 기억하고 기념하며
사는 일이 익숙하지 않아
꽃을 모르고 삽니다

숨을 들이쉴 때
물을 마실 때
그 존재를 모르고 사는 것처럼
너무나 익숙한 당신에게

발길을 돌려 꽃집에 멈추고

사는 일이 익숙하지 않아
꽃을 모르고 삽니다

꽃향기 한 아름 안고
행복해할 당신
이름도 모르는 꽃이지만
나에게는 당신만 꽃입니다

동백꽃

예쁜 여자를 뚫어지게 바라보는 것도 죄
섹시한 포즈의 치마를 들춰보고 싶은 마음도 죄
아름답다고 긴 머리를 만져보는 것도 죄
차 한 잔 하자고 우겨대는 것도 죄

볼이 발그레한 여자들
사철나무에 피어
이미자의 여자의 일생을 부르고

너무 예뻐서 멈췄는데
눈이 내린다

차이를 아우르는 대비對比의 시학
— 민창홍의 시 세계

권 온(문학평론가)

1.

　민창홍은 1998년 계간『시의나라』와 2012년 계간『문학청춘』신인상으로 등단한 시인이다. 시집『금강을 꿈꾸며』『닭과 코스모스』와 서사시집『마산 성요셉 성당』등을 발간한 그는 현재 성지여자중학교 교감으로 재직하고 있다. 이 글은 민창홍 시인의 시집 『캥거루 백(bag)을 멘 남자』를 살펴보려는 시도이다.『돌아가신 조부는 무슨 말씀 하실까』『왼쪽과 오른쪽』『처서』『옥상에서』『백화점에서』『캥거루 백을 멘 남자―주머니』『캥거루 백을 멘 남자―돼지저금통』『벽』『꽃을 모르고 삽니다』『동백꽃』등이 우리가 각별히 주목하려는 시편이다.

2.

재물 운이 없는 사주라고 조부는 늘 걱정을 했고
교직을 천직으로 알고 발을 들여놓는 순간
돈과는 거리가 먼 직업이라고 부친은 실망을 했고
주어진 대로 살아야 한다고 아내는 체념했다

학창시절에 문학을 하겠다고 하니
굶어 죽기 딱 좋은 일이라고 조부가 호통을 쳤고
가난하게 살 작정을 하였다고 부친은 혀를 차고
돈 안 되는 일을 왜 하느냐고 친구들은 빈정댔다

현대시 수업을 마치고 빈 시간에 부업을 한다
부업을 할 수 없는 대한민국 공무원
나는 법을 어기며 돈 안 되는 일을 한다
쌀이 부족한 것도 아닌데

동료들 눈치 보며
식곤증이 내리누르는 눈꺼풀 치뜨며
나는 밤새 쓴 시를 읽어 본다
돈은 안 되는데

등단 6년부터 10년은 3만 원
등단 11년 이상은 5만 원
등단 5년 미만은 고료가 없고 책만 보내준단다

마감 날짜 확인하며 시 한 편 탈고하다가
달포 전에 온 잡지사 원고 청탁서 앞에 놓고
동전 주워들고 국보인 다보탑을 줍는 횡재라고
노래한 어느 시인이 떠올랐다

세상 물정 모를 때 등단 딱지를 얻었으나
독학은 언제나 내 안에 우물이 되고
교직이 천직이라고 나를 합리화하다가
사수 오수하는 집념의 나의 제자들처럼 재등단을 했다

나는 탈고된 시를 발송시키며
한 달 부업하여 3만 원 5만 원 번다면
돌아가신 조부는 무슨 말씀 하실까
                    ―「돌아가신 조부는 무슨 말씀 하실까」 전문

　이 시의 1연에는 시의 화자 '나'와 관련된 인물들 곧 '조부祖父'와 '부친父親'과 '아내'가 등장한다. 조부는 '걱정'을, 부친은 '실망'을, 아내는 '체념'을 한다. 그들이 '나'를 향해 걱정하고 실망하며 체념하는 까닭은 '재물' 또는 '돈'과 관련된다. 조부와 부친과 아내와 친구들은 '나'가 지향하는 '교직'이나 '문학'을 "재물 운이 없는 사주" "돈과는 거리가 먼 직업" "굶어 죽기 딱 좋은 일" "가난하게 살 작정" "돈 안 되는 일"로 이해한다.
　'나'의 정체성을 형성하는 키워드는 '교직'과 '문학'이다. '대한민국 공무원'이 '교직'을 가리킨다면 '부업'은 '문학'과 연결된다. '나'의 '문학' 곧 '밤새 쓴 시'는 정말 돈은 안 된다. '한 달 부업'하여 '시'를 발송하면 '나'는 '책'이나 '3만 원' 또는 '5만 원'을 벌 수 있다. 그럼에도 불구하고 '나'가 '시'를 쓰고 '문학'을 하는 까닭은 무엇일까? 어쩌면 '나'의 심정은 "동전 주워들고 국보인 다보탑을 줍는 횡재라고/ 노래한 어느 시인"과 닮았을지도 모른다. 시인은 독자에게 '시'와 '문학'은 돈이 안 되지만, 돈이 안 되는 것이기에 더욱 가치 있는 영역에 위치하고 있음을 알려주고 있는지도 모른다.

운전대를 잡고 출발을 한다
방금 차에 오르며 던져놓은 잡지 속 아가씨
내 옆 좌석에 떡 앉아
좌회전하십시오 우회전하십시오

복도에서는 좌측통행
붐비는 거리에서도 좌측통행
교과서에서 동양의 정서라고 뼛속 깊이 배웠는데

복도에서는 우측통행
붐비는 곳에서도 우측통행
질서의 기본이라고 교과서대로 가르치고 있으니

왼쪽으로 가라고?

오른쪽으로 가라고?

복도에서 아이들과 엉키면서
풀어야 할 이념처럼
풀지 못하고 엉키고 또 엉키면서

좌의정이 먼저야 우의정이 먼저야
우의정이 먼저야 좌의정이 먼저야
좌우의 개념 모르고 조심스럽던 국사 시간처럼

술이 덜 깬 듯 당최 혼란스럽다
절대 넘으면 안 되는 중앙선
어디로 가라고?

—「왼쪽과 오른쪽」 전문

　'대비對比'에 유의해야 하는 시이다. 작품의 제목에 노출된 "왼쪽과 오른쪽"이 그러하고 본문에 제시된 '좌회전'과 '우회전'이 그러하다. '좌측통행'과 '우측통행'도 그러하고 '좌의정'과 '우의정' 또한 그러하다.

　민창홍이 여기에서 집요하게 파고드는 "좌우의 개념"은 무엇인가? 우리는 '좌익左翼' 또는 '좌파左派'와 '우익右翼' 또는 '우파右派'의 대비를 알고 있다. 아니 정확하게 알지는 못하지만 그런 표현들에 익숙하다. 좌익the left은 일반적으로 안정보다는 변화, 성장보다는 분배와 복지를 강조하는 경향을 지닌 정치사상이나 정치세력을 가리킨다. 반면 우익the right은 일반적으로 정치 및 사회 문제에 대해 변화보다는 안정, 분배와 복지보다는 성장과 경쟁, 평등보다는 자유를 강조하는 경향을 지닌 정치사상이나 정치세력을 가리킨다.

시인에 따르면 '좌측'은 '동양의 정서'이고 '우측'은 '질서의 기본'이다. 그가 바라보는 왼쪽과 오른쪽은 '정치'나 '이념'의 영역을 넘어서는 것일 수 있다. 그것은 어떤 '정서'이자 '질서'일 수 있기에 민창홍은 '좌우'의 대비가 조심스럽다. "술이 덜 깬 듯 당최 혼란스럽다"라는 시인의 토로는 오늘의 현실을 살아가는 '민중民衆'의 입장을 대변한다. 그는 '진보'와 '보수' 사이에서, '빨갱이'와 '친일파' 사이에서 "절대 넘으면 안 되는 중앙선" 앞에서 "어디로 가라고?"를 어지럽게 중얼거린다.

　　　매미가 너무 슬프게 울어서
　　　울다 지친 조문 행렬
　　　멈춰버린 발길

　　　남아서 추모하는 자
　　　떠나며 위로하는 자

　　　무더위는 선풍기 바람처럼 돌고
　　　이별하는 시골 장례식장
　　　눈물처럼 흐르는 땀방울

한쪽에서는 호상이라고
한쪽에서는 허무하다고

지칠 줄 모르고 돌아가는 상모처럼
고추잠자리 맴돈다
하늘은 눈부시게 푸른데

—「처서」 전문

  이십사절기의 하나로서 입추와 백로 사이에 들며, 태
양이 황경 150도에 달한 시각으로 양력 8월 23일경인
'처서處暑'는 '늦더위' 또는 '마지막 더위'의 시기이다. 이
시에서 '처서'는 '장례葬禮'가 진행되는 시간이다. 1연은
'장례'의 속성을 가리키는 동시에 '처서'의 성격을 담는
다. 장례의 "조문 행렬"은 "울다 지친" 까닭에 "멈춰버린
발길"이 된다. 조문 행렬은 마음껏 울었기에 지쳤을 것
이고 발길을 멈추게 된다. 처서는 늦더위가 기승을 부리
는 시기이므로 매미의 울음이 유난스레 슬프게 들렸을
수 있다. 장례는 슬픔과 울음의 극단에 도달하고 처서는
더위의 절정을 관통한다. 그런 까닭에 이 작품의 제목
'처서'는 '무더위'와 '눈물'을 아우르는 절묘한 선택이다.
  이 시는 '무더위'와 '땀방울'이 하나의 계열을 이루고
'눈물'과 '울음'이 다른 하나의 계열을 이루면서 '처서'라
는 이름으로 통합되는 구조이다. 민창홍은 행위나 관점

의 대비를 보여주면서 그것의 조화를 지향한다. 2연에서 '남아서'와 '떠나며'는 '대비'를 이루지만 '추모하는 자'와 '위로하는 자'는 '조화'를 이야기한다. 4연의 '호상好喪'과 '허무' 역시 대비와 조화의 양면성을 제시한다. 시인은 5연에서 무더위 속에서, 눈물 앞에서 우리가 나아가야 할 길을 제시한다. 그에 따르면 상모가 지칠 줄 모르고 돌아가듯이, 고추잠자리가 맴돌듯이, 하늘이 눈부시게 푸르듯이 삶은 다만 계속되어야 한다.

시가지를 내려다본다
작은 몽돌 같은 집과 산보다 높은 빌딩
공원의 나무들이 듬성듬성 다도해 같이 푸른데
바다로 가는 길은 막혀 있다

때로 사람은 그리워할 때 고독하다

산이 제일 멀리 있고 그 앞에 집이 몇 채
물이 흐르고 미루나무 줄지어 서 있고
초록의 들판 눈 속으로 들어오는 순간
고향집 까치가 내 손을 찍는다

때로 사람은 떨어져 있어 봐야 그립다

전시장 풍경화 앞에서
다가서다 물러서다를 반복하다가

찾지 못한 저 도심 속
속마음

때로 멀어져 간 사랑이 아름답다
─「옥상에서」 전문

　민창홍은 "옥상에서" "시가지를 내려다본다" 그는 '집'
과 '빌딩'과 '공원의 나무들'을 본다. 그가 지금 위치하는
장소는 '도심'이다. 시인이 진정 원하는 곳 또는 대상은
'바다'이고, '산'이며, '미루나무'이자, '들판'이고, '고향집
까치'이지만 거기로 "가는 길은 막혀 있다"
　그는 지금 풍경화가 가득한 전시장에 있다. "풍경화
앞에서/ 다가서다 물러서다를 반복하"는 이는 '도심 속'
에서 '속마음'을 토로한다. 시인의 속마음은 '고독'과 '그
리움'과 '사랑'을 지향한다. 이 시는 '도심'과 '고향'의 대
비, '문명'과 '자연'의 대비 속에서 근원적인 인간의 정서
를 보여주는 수작秀作이다.

어릴 적 내 별명인 허수아비처럼
헐렁한 옷을 걸치고 웃어 보이는 마네킹
몸집보다 더 큰 옷에 덮여
새를 쫓던 가을이
백화점을 물들이고 있다
운동회 때 결의를 다지듯 두 손에 들었던
검정 고무신도

엄청 싸게 팔 것 같은 세일 문구 속
검정 구두로 번들거리고 있다
동생이 물려받아 닳아 없어질 때까지
질긴 생명을 다하며
나 아닌 나로 살더니
굽은 허리 펴지지 않는 어머니처럼
품이 넉넉한 옷을 기웃거리다가
볼이 넓은 구두에 내 얼굴을 비춰보다가
나 아닌 내가 화들짝 놀라서는
사람들 속에서 얼굴을 붉힌다

—「백화점에서」전문

인간은 때로 '현재'에서 '과거'를 보고, '여기'에서 '저기'를 생각한다. 이 시에서 시의 화자 '나'는 '백화점'에 위치한다. '나'는 "헐렁한 옷을 걸치고 웃어 보이는 마네킹"에 주목한다. '나'가 '마네킹'에 주목하는 이유는 그것이 자신의 유년幼年 시절 별명인 '허수아비'와 닮았기 때문이다. 어린 시절 '나'에게는 "몸집보다 더 큰 옷에 덮여/ 새를 쫓던 가을이" 있었다. '마네킹'의 '헐렁한 옷'과 '나'의 '몸집보다 더 큰 옷'은 동일한 구도를 형성한다.

"백화점에서" '나'의 시선을 사로잡는 다른 대상은 '검정 구두'이다. 그가 '검정 구두'를 눈여겨보는 까닭은 그것이 '검정 고무신'과 연결되기 때문이다. 유년 시절의 '검정 고무신'은 '나 아닌 나' 곧 '또 하나의 나'였다. 백화점의 "품이 넉넉한 옷"이나 "볼이 넓은 구두"는 중년中年의 '나'를 유년의 '나'로 전환한다. 어쩌면 중년의 '나'는 백화점의 상품들을 보면서 넉넉지 않은 어린 시절을 떠올렸고 "화들짝 놀라서는/ 사람들 속에서 얼굴을 붉힌" 것인지도 모른다. 시간과 공간의 넘나듦 속에서 피어오르는 '나'의 정황은 누구에게나 일어날 수 있다는 점에서 이 시는 보편성을 확보한다.

주머니가 없다
주민등록증과 신용카드가 전부인 낡은 지갑
늘 나를 호출하는 휴대폰
가지고 다녀야 할 것만 같은 담배
땀이 흐를지 몰라 대비하는 손수건
열쇠 뭉치들까지
나만의 주머니가 없다

채권 장수 같다고
일수놀이 하는 사람 같다고
가방 드는 것 만류하던 아내
고향의 어머니 좋아하시는 호두과자 사고
어깨에 메는 작은 가방 사준다

동생이 크면 물려줘야 하니까
크게 입어야 했던 옷
이것저것 욱여넣어야 했던 주머니

부끄러워 숨겨야 했던 그 시절
주머니 속 물건들 검색대 통과하듯
주머니를 옆구리에 멘 멋쩍음
승용차 사이를 비집고 가는데
어깨 다독이며 가방의 위치 고쳐주는 아내

그래, 자랑스러운 배를 가려야지
요즘 유행하는 젊음의 트렌드처럼
캥거루처럼
　　　　　　　　　—「캥거루 백을 멘 남자—주머니」 전문

　'현재'에서 '과거'를 생각한다는 점에서 이 시는 앞에서 살핀 「백화점에서」와 관련성이 있다. 시의 화자 '나'는 중년의 사내이다. 1연의 "주머니가 없다" "나만의 주머니가 없다"는 진술은 '나'의 '현황'을 보여준다. '나'는 '지갑' '휴대폰' '담배' '손수건' '열쇠 뭉치들'을 넣을 '주머니'를 찾고 있다. '나'는 '주머니'가 필요하여 '가방'을 든다. 하지만 '아내'는 "채권 장수 같다"는, "일수놀이 하는 사람 같다"는 이유로 "어깨에 메는 작은 가방"을 사주었다. "드는" 가방에서 "메는" 가방으로의 변화로 '나'는 "캥거루 백을 멘 남자"가 된다.
　가방을 들거나 메면서 '나'는 '주머니'를 생각한다. 유년 시절 '나'는 언젠가 동생에게 물려줘야 하는 큰 옷을,

"이것저것 욱여넣어야 했던 주머니"를 단 옷을 입었다. 중년의 '나'는 몸에 맞지 않는 헐렁한 옷을 입고서 "부끄러워 숨겨야 했던 그 시절"을 생각하는 것이다. 이 시의 제목이기도 한 '캥거루 백을 멘 남자'는 과거를 껴안으면서도 현재에 집중하는 지혜로운 면모를 보여준다.

부자가 되기로 마음먹던 날
난 단숨에 부자가 되는 줄 알았다
바지 호주머니 출렁대는 동전들
오갈 때 없어 한 푼 두 푼 던져놓다가
돼지가 품 안으로 달려드는
엄청난 꿈에 부풀어 돼지를 한 마리 장만했다
돼지 등에 비수를 꽂으며 동전은 쌓이고
백 근쯤 나갈 무게는
온 동네 사람들이 먹고도 남을 것 같다
티끌 모아 태산이라고 했던가
티끌은 모았으되 태산이 되지 못하는 돼지 앞에
나는 절망했다
결혼한 아들 녀석 전세금도 못 되는 돼지
태산을 울리는 손자 녀석의 울음소리
다달이 날아오는 카드영수증
나도 받은 것이 없으니
너에게 줄 것도 없다는 것은
너무 무책임하다고 느낄 때
돼지 목에 꽂은 칼 선지피를 쏟아냈다

종이 통장도 사라진다는 뉴스
종이 통장이 사라지기 전에
태산처럼 쌓고 싶었던 욕심 제자리로 돌려놓고
손자 놈 초등학교 입학선물이나 주리라
출렁대는 동전들
　　　　　　　—「캥거루 백을 멘 남자—돼지저금통」 전문

　이 시는 부제副題인 '돼지저금통'과 더불어 '돼지'에 주
목한다. 시의 화자 '나'는 "부자가 되기로 마음먹던 날"
"단숨에 부자가 되는 줄 알"고 돼지저금통을 구입한다.
흥미로운 점은 시인이 돼지저금통을 돼지로 표현한다는
사실이다. "돼지가 품 안으로 달려드는/ 엄청난 꿈에 부
풀어 돼지를 한 마리 장만했다"와 "돼지 등에 비수를 꽂
으며 동전은 쌓이고/ 백 근쯤 나갈 무게는/ 온 동네 사람
들이 먹고도 남을 것 같다"라는 진술에는 돼지와 돼지저
금통이 어우러진다.
　민창홍은 "티끌 모아 태산"이라는 속담을 "티끌은 모
았으되 태산이 되지 못하는 돼지"로 해석한다. '부자'가
되는 '꿈'에 부풀었던 '나'는 '전세금'과 '카드영수증' 앞에
서 "절망했다" 우리는 시인이 전달하는 핵심 메시지를
"태산처럼 쌓고 싶었던 욕심 제 자리로 돌려놓고/ 손자
놈 초등학교 입학선물이나 주리라"라는 진술에서 찾을
수 있을지도 모른다. '돼지(저금통)'으로 부자가 되려던
꿈을 하나의 욕심으로 해석하는 일은 단순한 제스처가

아니다. 그것은 오랜 연륜에서 나온 소중한 제안이다.

> 엘리베이터 문이 닫히기 직전 새 한 마리 들어왔다
> 고층아파트 오르기가 새도 힘에 부치는가보다
>
> 축 늘어진 나의 어깨에 편하게 앉더니 구석으로 미끄러
> 진다 녀석은 놀란 눈망울 굴리며 경계하듯 부리를 쳐들고
> 찍찍거린다 세상에 벽이 있음을 이제야 깨달은 모양이다
> 나도 녀석을 노려본다 올라가던 숫자가 4를 지나다가 멈춘
> 다 새는 갑자기 날아오른다 문은 열리지 않는다 새는 충격
> 으로 바닥에 처박힌다 나는 허리를 굽혀 새를 손에 든다 비
> 상버튼을 누르고 응답을 기다리고 있다
>
> 녀석은 나의 손에서
> 나의 손은 녀석에게서
> 길고 긴 온기를 확인하며 죽어가고 있었다
>
> 20년쯤 지났을 거라고 느낄 때
> 우리는 맑은 공기를 탐닉했다
>
> ―「벽」전문

독특한 시이다. 시인의 독특한 개성이 돋보이는 이유
는 이 작품이 '현실'과 '환상'의 공존을 보여준다는 점과
관련된다. 시의 화자 '나'는 우연히 '새 한 마리'와 '엘리
베이터' 속에 함께 위치한다. 새가 엘리베이터 안으로 들

어온 이유를 정확하게 알 수는 없으나, 새는 '벽'으로서
의 '엘리베이터'에 부딪혀 "충격으로 바닥에 처박힌다"

2연 후반부의 '나'가 바닥에 처박힌 새를 손에 들고 비
상버튼을 누르고 응답을 기다린다는 진술은 '현실'의 상
황이 아닐 수도 있다. 3연은 '녀석' 곧 '새'와 '나의 손'은
서로 "길고 긴 온기를 확인하며 죽어가고 있었다"라는
진술로 이루어지는데 이는 '상상' 또는 '환상'의 한 장면
일 수 있다. 4연은 이 시의 백미白眉로서 '새'와 '나'는 이
제 '우리'라는 이름의 하나가 되어 '환상'을 극대화한다.
이 작품을 읽는 독자는 김광섭의 「성북동 비둘기」나 박
남수의 「새」 같은 시를 연상할 수도 있을 것이다.

꽃집 앞을 지나며
생각합니다

넝쿨장미였다가
해바라기였다가
코스모스였다가
향기 가득한 국화였던
당신

누군가를 기억하고 기념하며
사는 일이 익숙하지 않아
꽃을 모르고 삽니다

숨을 들이쉴 때
물을 마실 때
그 존재를 모르고 사는 것처럼
너무나 익숙한 당신에게

발길을 돌려 꽃집에 멈추고
사는 일이 익숙하지 않아
꽃을 모르고 삽니다

꽃향기 한 아름 안고
행복해할 당신
이름도 모르는 꽃이지만
나에게는 당신만 꽃입니다

―「꽃을 모르고 삽니다」 전문

앞에서 살핀 「캥거루 백을 멘 남자―주머니」에는 '아내'가 등장했다. '아내'는 이 시에 이르러 '당신'이라는 이름으로 등장한다. 시의 화자 '나'는 '당신'을 위해서 '꽃'을 산다. '나'가 그동안 구입한 꽃의 종류는 '넝쿨장미' '해바라기' '코스모스' '국화' 등 다양하다. 흥미로운 점은 '나'는 꽃을 잘 모른다는 사실이다. '나'가 꽃을 사는 일에 익숙하지 않은 까닭은 "누군가를 기억하고 기념하며/ 사는 일이 익숙하지 않"기 때문일 수 있다. 하지만 '나'가 "이름도 모르는 꽃"을 사는 이유는 "꽃향기 한 아름 안고/ 행복해할 당신"을 생각하기 때문이다. '나'에게는 꽃의 이름이나 종류가 중요한 것이 아니다. '나'가 생각하는 진정한 꽃은 '당신'이기 때문이다. 민창홍의 이 시는 소박한 형식으로 사랑이라는 아름다운 감정을 보여준다는 점에서 유의미하다.

> 예쁜 여자를 뚫어지게 바라보는 것도 죄
> 섹시한 포즈의 치마를 들춰보고 싶은 마음도 죄
> 아름답다고 긴 머리를 만져보는 것도 죄
> 차 한 잔 하자고 우겨대는 것도 죄
>
> 볼이 발그레한 여자들
> 사철나무에 피어
> 이미자의 여자의 일생을 부르고
>
> 너무 예뻐서 멈췄는데
> 눈이 내린다
>
> ―「동백꽃」 전문

이 시는 '꽃'과 '여자'를 함께 아우른다. 작품의 제목인 '동백꽃'은 '꽃'인 동시에 '여자'를 나타낸다. 바라보고, 들춰보고, 만져보고, 우겨대는 대상 역시 '꽃'이자 '여자'일 수 있다. 동백꽃이 피었다가 지는 현상은 여자가 태어나서 죽는 일생과 겹친다. 3연의 "너무 예뻐서 멈췄는데/ 눈이 내린다"라는 진술에는 시간의 흐름이 담겨 있다. 시인은 '꽃'에서 '여자'를, '식물'에서 '인간'을 바라보는 중이다. 시인은 여기에서 모든 '자연'은 생로병사의 흐름을 거스를 수 없음을 보여준다. 1연에서 '~도 죄'라는 '반복'의 형식을 구사함으로써 리듬감을 살리고 있다는 점도 기억해야 하겠다.

3.

우리는 민창홍의 시집을 함께 읽었다. 「돌아가신 조부는 무슨 말씀 하실까」에서 시인은 독자에게 '시'와 '문학'은 돈이 안 되지만, 돈이 안 되는 것이기에 더욱 가치 있는 영역에 위치하고 있음을 알려준다. 「왼쪽과 오른쪽」에서 "술이 덜 깬 듯 당최 혼란스럽다"라는 시인의 토로는 오늘의 현실을 살아가는 '민중民衆'의 입장을 대변한다. 그는 '진보'와 '보수' 사이에서, '빨갱이'와 '친일파' 사이에서 "절대 넘으면 안 되는 중앙선" 앞에서 "어디로 가라고?"를 어지럽게 중얼거린다.

민창홍은 「처서」에서 무더위 속에서, 눈물 앞에서 우리가 나아가야 할 길을 제시한다. 그에 따르면 상모가 지칠 줄 모르고 돌아가듯이, 고추잠자리가 맴돌듯이, 하늘이 눈부시게 푸르듯이 삶은 다만 계속되어야 한다. 「옥상에서」는 '도심'과 '고향'의 대비, '문명'과 '자연'의 대비 속에서 근원적인 인간의 정서를 보여주는 수작秀作이다. 「백화점에서」의 '나'는 백화점의 상품들을 보면서 넉넉지 않은 어린 시절을 떠올렸고 "화들짝 놀라서는/ 사람들 속에서 얼굴을 붉힌" 것인지도 모른다. 시간과 공간의 넘나듦 속에서 피어오르는 '나'의 정황은 누구에게나 일어날 수 있다는 점에서 이 시는 보편성을 확보한다.

「캥거루 백을 멘 남자—주머니」의 '나'는 몸에 맞지 않는 헐렁한 옷을 입고서 "부끄러워 숨겨야 했던 그 시절"을 생각한다. 이 시의 제목이기도 한 '캥거루 백을 멘 남자'는 과거를 껴안으면서도 현재에 집중하는 지혜로운 면모를 보여준다. 「캥거루 백을 멘 남자—돼지저금통」에서 우리는 시인이 전달하는 핵심 메시지를 "태산처럼 쌓고 싶었던 욕심 제 자리로 돌려놓고/ 손자 놈 초등학교 입학선물이나 주리라"라는 진술에서 찾을 수 있다. '돼지(저금통)'으로 부자가 되려던 꿈을 하나의 욕심으로 해석하는 일은 단순한 제스처가 아니다. 그것은 오랜 연륜에서 나온 소중한 제안이다.

독자들은 독특한 시로서의 「벽」을 기억해야겠다. 시인의 독특한 개성이 돋보이는 이유는 이 작품이 '현실'과 '환상'의 공존을 보여준다는 점과 관련된다. 「꽃을 모르고 삽니다」의 '나'에게는 꽃의 이름이나 종류가 중요한 것이 아니다. '나'가 생각하는 진정한 꽃은 '당신'이기 때문이다. 민창홍의 이 시는 소박한 형식으로 사랑이라는 아름다운 감정을 보여준다는 점에서 유의미하다. 「동백꽃」은 '꽃'과 '여자'를 함께 아우른다. 작품의 제목인 '동백꽃'은 '꽃'인 동시에 '여자'를 나타낸다. 바라보고, 들춰

134

보고, 만져보고, 우겨대는 대상 역시 '꽃'이자 '여자'일 수 있다. 시인은 여기에서 '꽃'과 '여자'를 포함한 모든 '자연'은 생로병사의 흐름을 거스를 수 없음을 보여준다.

민창홍의 시집 『캥거루 백bag을 멘 남자』에는 진보와 보수가 있고, 도시와 고향이 있다. 시인의 시에는 또한 현재와 과거가 있고, 현실과 환상이 있다. 민창홍 시 세계의 핵심에는 '대비對比'의 기법이 위치한다. 그가 추구하는 '대비'는 '차이'에만 집중하지 않는다. 민창홍이 추구하는 '대비'는 '차이'를 인정하면서도 상반되는 요소들을 아우르려는 시도를 멈추지 않는다. 그의 시가 독자의 호응을 얻을 수 있는 까닭이 여기에 있을지도 모른다. 우리는 일반성 또는 보편성을 확보한 시인의 시 세계가 더 넓어지고 더 깊어질 앞날을 기대한다.